PETIT RECUEIL

DE

MORALES ET RÉFLEXIONS

MISES EN VERS

PAR

JEAN-JACQUES-FERDINAND DE BARRIN,

Colonel en retraite,
Officier de la Légion d'honneur.

VIENNE,

VANEL, LIBRAIRE, PLACE DE LA HALLE-NEUVE.

—

1856.

C.

PETIT RECUEIL

DE

MORALES ET RÉFLEXIONS.

PETIT RECUEIL

DE

MORALES ET RÉFLEXIONS

MISES EN VERS

PAR

JEAN-JACQUES-FERDINAND DE BARRIN

COLONEL EN RETRAITE , OFFICIER DE LA LÉGION D'HONNEUR.

VIENNE

Vanel , libraire , place de la Halle-Neuve.

—

1856.

Tiré à cent cinquante Exemplaires.

VIENNE. — IMPRIMERIE TYPOG. ET LITHOG. DE TIMON FRÈRES.

PETIT RECUEIL

DE

MORALES ET RÉFLEXIONS.

I

Le Conte sans morale est une œuvre sans but
Et stérile en tout point. En vain il intéresse :
    Avec indifférence on laisse
    Un livre à rien qui ne conclut.
Du Conte la morale est le bel attribut.

Fille du Ciel, ici, vierge pure, sans voile
       Elle apparaît comme l'étoile
       Qu'on voit briller au firmament :
       Sans parure, sans ornement.
       Sœur de la Vérité, comme elle
       De sa seule pureté belle,
Elle marche front haut, simple, pure, éternelle.

II

Fol orgueil, imprudence, et sotte vanité,
       Et vaine curiosité,
Causèrent chez la triste et pauvre humanité
Parfois plus d'un malheur et plus d'une disgrâce.
       L'orgueil blessé, trop consulté,
       Met souvent en mauvaise passe.

III

Comme aux peuples, aux Rois on doit la vérité.
Heureux les souverains capables de l'entendre,
    Et dont on voit les efforts tendre
    Au bonheur de l'humanité !
Dans sa marche le temps ne peut être arrêté ;
    Le monde à sa suite il entraîne.
    On a beau renouer la chaîne
    Des temps avec dextérité,
    Chaque époque avec elle amène
Ses pensers et ses lois, qu'il faut suivre, sous peine
    Par l'ouragan d'être emporté.
Le peuple dans l'État comptait jadis à peine :
Il est tout aujourd'hui. Plus de sécurité
Si dans l'État César n'a pas pour lui les masses.
Toute la force est là. Vouloir un autre appui,
    C'est suivre de funestes traces,
C'est chercher ces malheurs, ces terribles disgrâces,
Dont les temps ne sont pas avares aujourd'hui.

IV

Laissez faire et parler Messieurs du Privilége ;
Laissez-les débiter leurs phrases de collége ;
Sans retour, c'en est fait, le Privilége est mort ;
Le temps a prononcé pour toujours sur son sort.

V

Dans ce monde, les uns sont bien, les autres mal.
Tout aurait pu, peut-être, être un peu plus égal.

VI

Jupiter, ici-bas, partagea les humains
En gens mangeurs de plats et gens lécheurs d'assiettes :
    Ceux-ci vivant en petits souverains,
    Ceux-là de régime et de miettes.

Enfin, l'on voit les uns mourir de gras-fondu,
Et les autres de faim, de soif et de misère.
    Jupiter, peut-être, aurait pu
    Arranger tout d'autre manière.

VII

D'un inconnu toujours le sage se méfie.
S'abandonner à gens que l'on ne connaît pas,
C'est se mettre souvent dans de grands embarras.
A quelque sot penchant mais qui ne sacrifie?
Qui résiste toujours à son entraînement?
Par exemple, quel est le sage, je vous prie,
Qui ne s'endort jamais au doux chatouillement
    De la louange et de la flatterie?
    S'il faut le dire franchement :
Chacun s'y laisse prendre assez facilement,
Et l'amour-propre, ainsi, chassant la méfiance,
Victime on est, enfin, de son peu de prudence.

VIII

Une voix séduisante, un ton flatteur et doux,
      Partant d'une bouche trompeuse,
Cachent presque toujours quelque vue odieuse.
De ces feintes douceurs partout méfions-nous.

IX

L'amour-propre ici-bas sur qui n'a-t-il pas prise?
      Aux petits comme aux grands esprits
Il fait faire, par jour, mainte et mainte sottise.
C'est le vrai trébuchet de l'homme : en tout pays
Flattez son amour-propre, il sera bientôt pris.

X

      En fait de conquête et de bien,
Qui croit tenir, ici, bien souvent ne tient rien.

Tel conquérant, tel légataire
Pourraient fort bien prouver, au besoin, cette affaire.

XI

Quelque petits qu'ils soient, force gens, aujourd'hui,
- Pensent fixer sur eux l'attention d'autrui,
    Tant chacun se croit du mérite,
Tant chacun se croit grand dans son petit orbite.
    Bonnes gens, vraiment précieux,
    Qui croient que l'on s'occupe d'eux,
    Lorsque souvent le monde ignore
- S'ils sont nés seulement, ou s'ils vivent encore.

XII

Pour sortir de danger, pour se tirer d'affaire
En mainte occasion, bien souvent il suffit
De savoir conserver sa présence d'esprit.
C'est le premier secours et le plus nécessaire.

XIII

Voulez-vous dans les camps combattre avec bonheur?
    Sachez votre ennemi par cœur,
Et guidez-vous toujours d'après son caractère.
    Dans le danger, comme dans le malheur,
Savoir bien conserver son sang-froid et sa tête
Ne fut jamais le fait d'un lâche ou d'une bête.

XIV

Le métier de railleur n'est honnête, ni sage.
    Dans le monde le persiflage
Est rarement goûté. Qui veut railler les gens
Apprête bien souvent à rire à ses dépens.

XV

Dans le monde on voit force grands
Qui, de loin, à la simple vue,
Paraissent des soleils éclatants dans la nue,
Tant on les voit brillants, resplendissants.
Mais approchez.... quelle métamorphose !
Que voyez-vous? Des vers luisants, pas autre chose.

XVI

Gouverneurs de pays, laissez les vieilles traces,
Ne vous laissez plus prendre aux vains raisonnements
De certaines classes de gens,
Et gouvernez toujours dans l'intérêt des masses.
Ces Messieurs voudraient voir les humains partagés
En gens mangeurs et gens mangés,
Se rangeant avec soin dans les mangeantes classes.

XVII

Intrigants, cabaleurs ! Cette sorte de gens
Fut toujours le fléau des hommes bien pensants.
On ne peut devant eux aucun avis émettre,
A moins d'être du leur ; bouche close il faut être.
Qui pourrait supporter leurs sots criaillements ?
Que peuvent faire là tous les discours du sage ?
Ces gens avec leur langue ont toujours l'avantage.
Je ne vois qu'un moyen contre leurs arguments,
  De résister à des bouches pareilles :
C'est de se bien fermer des deux mains les oreilles.

XVIII

  Arrière les gens à cabale ;
En arrière ces gens dont la bouche infernale,
  Servant les passions, tantôt
Souffle le froid, tantôt souffle le chaud.

XIX

Petits astres légers, vice-rois de nos jours,
Sur le Pinacle, un mois, que l'on voit parfois luire,
En gens sages, sans bruit, achevez votre cours.
Le jour où l'on vous voit élever à l'empire
Est le jour où, souvent, l'on vous voit éconduire.

XX

Vous qui dans les cours pour breuvage
Le lait de la Faveur savourez à long trait,
Craignez de ce nectar la dangereuse amorce.
Nectar ! c'est un poison subtil et plein de force ;
Il enivre bientôt. Buvez peu de ce lait ;
Ou, plutôt, n'en buvez pas du tout, pour mieux faire.
La Faveur dans les cours est par trop passagère.

XXI

Chacun fonde dessus autrui
Sa cuisine, au moyen de mainte duperie;
C'est au plus fin. La tromperie
Est à l'ordre du jour dans le monde, aujourd'hui.
Venez chez nous, Messieurs, venez, chacun nous crie,
Vous y serez d'aise ravis,
Et de tout point en pratiques servis.....
Entrez, entrez!... Mais fou qui cède à son envie,
Qui va se prendre à cet avis;
Car si les gens à notre vie
N'en veulent pas précisément,
Ils en veulent, du moins, la chose est sûre et claire,
Ils en veulent à notre argent.
Or, sans argent ici que résoudre et que faire?
Nous tirer notre argent! Il vaudrait mieux cent fois
Nous soutirer moitié de notre sang, je crois.

XXII.

Dans ce monde avons-nous notre compte à peu près,
Sachons nous arrêter et dire : c'est assez.
A la guerre, comme à la Bourse,
Il faut savoir s'arrêter dans sa course.
Vouloir toujours tenter le sort,
C'est folie ; à la fin, la Fortune se lasse ;
Le temps, pour nous, du bonheur passe,
Et nous faisons, enfin, naufrage dans le port.

XXIII

Toujours feindre et se contrefaire,
Changer d'habit, comme de caractère,
Montrer des sentiments sans cesse qu'il n'a pas,
De l'homme en tout pays c'est l'histoire ici-bas.

2

XXIV

L'homme, comme Protée, emprunte mille formes ,
Et revêt, chaque jour, de nouveaux uniformes.

XXV

Du sort d'autrui vraiment nous ne sommes touchés
Que quand nos intérêts s'y trouvent attachés.
Que de gens dont le faire, ici, n'est que grimace !
A la ville, à la cour, fort peu l'on s'embarrasse
De tout revirement, pourvu, remarquez bien ,
Pourvu, c'est là le point, que l'on n'y perde rien.

XXVI

Pour aller loin, pour faire feu qui dure ,
Faut ménager son bois et sa monture.

Gouverneurs de pays, vos peuples ont bon dos,

Mais il n'est si bon dos qui tienne, je vous jure,

     Dessous le poids de vos impôts.

On nous dit bien : ayez un peu de patience,

Et, sans faute, bièntôt, vous serez déchargés.

Par malheur ce bientôt est toujours à distance,

     Si bien qu'en attendant la chance,

Toujours à même enseigne on nous trouve logés.

XXVII

De la Fortune un peu goûte-t-on les faveurs,

L'Orgueil, la Vanité s'emparent de nos cœurs.

On veut aller de pair avec les hautes classes;

On se croit grand, enfin, monté sur des échasses.

XXVIII

Chacun veut croître en cette vie ;
Au-dessus de ses pairs chacun veut s'élever ;
Pour cela mille maux bien souvent l'on essuie ;
Enfin, pour cela, l'on s'appuie
Sur tout ce que l'on peut trouver.

XXIX

Être libre n'est point de n'avoir pas de Roi,
Et de vivre suivant sa mode,
Sans freins, sans entraves, sans code.
C'est sur le prince et sur la loi
Que se fonde, au rebours, la liberté publique.
Le gouvernement anarchique
Est le pire de tous, après le despotique.

L'un et l'autre ne valant rien,
Tous deux peuvent, je crois, aller de pair très-bien.
Le meilleur est celui qui fait de tous le bien.

XXX

Trois fois fou, trois fois sot est le peuple, je crois,
Qui, dans un beau transport, afin d'être bien libre,
Secouant le saint joug des lois,
Entre les pouvoirs rompt chez lui tout équilibre.
En proie aux factions, ce rempart abattu,
Et désormais sans freins, sans force, sans vertu,
Ce peuple, disons mieux, cette horde insensée
Pour toujours de la terre est bientôt effacée.

XXXI

Glissez, mortels, n'appuyez pas,
Car la mort veille, hélas! à vos moindres faux pas

Pour vous ravir à la lumière.

Elle vous suit partout, épiant le moment

De vous prendre en défaut. Sous sa faux meurtrière

N'allez pas vous jeter, au moins, imprudemment.

Mais que sert-il ici d'être prudent,

Puisqu'il nous faut toujours voir le sombre rivage?

A force de soucis retarder cet instant

De quelques jours, n'est pas, je crois, grand avantage.

La Mort se rit des soins et des précautions,

Qu'en vain pour l'éviter sans cesse nous prenons.

A chercher des moyens notre esprit se déploie.

Mais pour s'en garantir, enfin, que l'on emploie

Les prières, les médecins,

Voire les reliques des Saints,

La Mort, de qui nos maux font l'espoir et la joie,

La Mort, toujours, la Mort est sûre de sa proie.

XXXII

Le vieil âge est chagrin, la jeunesse est légère,
    Elle court après le plaisir ;
    C'est son instinct, son caractère ;
    Elle ne peut s'en départir.
Laissons donc là-dessus à leur aise gémir
  Ces vieux grondeurs, gens à l'humeur chagrine,
Qui, se voyant battus par le Temps en ruine,
Et désormais sans goût, sans feux et sans désir,
    Prêts à faire le grand voyage,
Qui sentant, en un mot, leur sang glacé par l'âge,
    Voudraient comme eux que l'on fût sage.

XXXIII

Quelques gens, de nos jours, frappent encor les yeux,
Qui, prenant à deux mains dans la bourse commune.
Élèvent, en six mois, l'édifice honteux
    De leur scandaleuse fortune.

En faire quelqu'exemple, afin d'épouvanter
Ceux qui voudraient, plus tard, encor les imiter,
Ce serait temps perdu, ce serait ne rien faire,
   Car ces Messieurs verraient pendre un confrère,
      Qu'ils n'en feraient pas moins leur main,
      Tant on les voit âpres au gain.
Malgré les camouflets, malgré les anicroches,
On les voit toujours prêts à bien remplir leurs poches.
      Le point, serait d'imaginer
Un moyen sûr et prompt de les leur retourner.
Rendre gorge pour eux serait le point sensible.
Il faut pendre les gens toujours le moins possible.

XXXIV

Petits princes, restez tranquilles sur vos terres,
Et des rois n'allez pas vous mêler dans les guerres;
Par trop vous y courriez risque d'être froissés,
Par trop on vous ferait payer les pots cassés.

XXXV

En crainte de quelque accident,
Ou de quelque mauvaise affaire,
N'allons point nous fourrer où nous n'avons que faire :
Ce ne serait, je crois, ni sage ni prudent.

XXXVI

Quelquefois pour un rien deux empires puissants
Se déchirent l'un l'autre en des combats sanglants.
Les événements les plus grands,
Les révolutions et les plus grandes choses
Proviennent bien souvent des plus petites causes.
Cela s'est vu dans tous les temps.

XXXVII

Pour de petits motifs, pour des motifs bien minces,
      L'histoire sous les yeux, ô Princes,
On vous voit conquérir, ou perdre dix provinces !
Que vous coûtent ces jeux ? Les larmes, le sang, l'or
De vos peuples, et puis mille choses encor :
Voilà leur prix cruel ! Si la perte des hommes
Ne peut toucher vos cœurs, que tant d'or, tant de sommes,
Qui s'engloutissent là, vous émeuvent un peu !
Tenez à votre argent, tenez au moins pour Dieu.
      Surtout, Princes, à vos maîtresses,
      Dans vos transports, dans vos tendresses,
De vos peuples jamais ne livrez les destins.
Qu'au fond de leurs boudoirs, qu'au milieu de vos fêtes,
      Règnent leurs charmes souverains,
Mais non dans vos conseils. Sans doute, d'autres têtes
Doivent balancer là les destins des humains.

D'y vouloir présider si quelqu'une se pique,

    Parlez-lui de la loi salique,

Et citez-lui ces mots qu'un monarque suédois,

Bon mari, mais aussi Roi sage et politique,

Adressa, dit l'histoire, à sa femme, autrefois,

Qui voulait que la Suède obéît à ses lois :

« Je vous pris, lui dit-il, pour me donner des princes,

« Et non pour gouverner, Madame, mes provinces. »

XXXVIII

On fait souvent le mal que l'on reproche aux autres ;

    Et les vices que nous blâmons,

    Et sur lesquels nous déclamons,

    Sont tout juste souvent les nôtres.

XXXIX

Chacun est toujours prêt à blâmer dans autrui

Les penchants vicieux que l'on remarque en lui.

Mais tout en les blâmant on les suit de plus belle.
Quand notre âme, à la fin, s'en dégoûtera-t-elle ?

XL

De nos jours, même encore, hélas ! on voit des gens
      Toujours prêts d'imprimer leurs dents
Sur les chefs-d'œuvre d'art et de philosophie
      Dont le monde se glorifie.
Vrais hibous, que l'on voit insulter, en tout lieu,
      Ces flambeaux, lumière du monde ;
Vrais hibous, rechignés et plaintifs, gens de peu,
Qui, pour toute science et sublime et profonde,
Voudraient réduire l'homme à la croix de par Dieu !
Petits inquisiteurs, dans leur sotte furie,
Qui, pour peu qu'un auteur, par son zèle échauffé,
Célèbre les beaux-arts, gloire de la patrie,
En feraient volontiers un saint auto-da-fé ;
      Nouveaux Omar, qui dans Alexandrie

Et le fer et le feu porteraient de nouveau ;
Réformateurs, enfin, bien étranges, sans doute,
    Qui voudraient que l'on n'y vît goutte
Quand la raison partout fait briller son flambeau.

XLI

On ne sait trop les maux où la discorde mène.
Maux et malheurs, partout, à sa suite elle traîne.
    Ceux qui l'hébergent sont bien fous,
Voyant comme elle met tout sens dessus dessous.
    Logeant la peste ou la famine,
Peut-être serait-on moins sûr de sa ruine.
    Jadis elle brouilla les dieux ;
    Chez l'homme elle sait faire mieux :
Ainsi chez lui, partout, elle brouille, elle trouble ;
Puis, pour comble de maux, de désolation,
Dans le pauvre logis les pêcheurs en eau trouble
    Viennent offrir leur consolation.

XLII

Rois, qui tenez à vos domaines,
Dans vos troubles d'état, dont nous nous sentons tous,
Surveillez vos voisins. Tous, des bonnes aubaines
Vous êtes à l'affût; vous prenez à mains pleines;
　　La ruse est permise chez vous,
Et vous savez agir en renards comme en loups.

XLIII

Les sermons, les livres des Pères,
Hélas! au temps qui court ne nous touchent plus guères;
Il faut prendre les gens par un autre chemin.
Pour réussir, prenez l'homme par ses faiblesses,
　Par l'intérêt, par l'appas des richesses,
　　Son amour pour la vie; enfin

Par les bons sentiments et par l'honneur encore ;
Car, malgré ses défauts, ses vices qu'on déplore,
L'homme bien des vertus porte encore en son sein.

XLIV

Le plus petit service aujourd'hui se vend cher.
Ne donner rien pour rien est la phrase à la mode,
Et de tout point, enfin, se faire bien payer,
    C'est, dit-on, la bonne méthode.

XLV

Séchez vos pleurs, humains, servez vos dieux en paix !
Le fanatisme affreux, la sotte intolérance
Dessus la terre, enfin, ont perdu désormais
Leur triste, détestable et cruelle influence.

XLVI

A tous ces gens qui voudraient, ici-bas,
        Dominer sur nous sans partage
Faisons de la raison entendre le langage,
Et sachons repousser leur thèse à verbiage.
Sectes renouvelant sans cesse leurs combats,
Vous les voyez partout se déchirer entr'elles,
Et vouloir engager dans leurs folles querelles
Et la terre et le ciel. Fuyons ces vains débats;
    Ce sont des feux que l'intérêt attise,
        Et qu'entretient notre sottise.
        Otez-leur ce double aliment,
        Ils s'éteindront dans un moment.
En vain on l'enveloppe, en vain on la barbouille
        De vingt couleurs dont on la souille,
La vérité, toujours, luit tranquille en un coin;
Elle est souvent bien près quand on la croit bien loin;

Marchons à son flambeau, disons aux fanatiques,
Qu'ils soient brames, chinois, chrétiens ou bien indous :
    Nous croyons fort à vos reliques,
Mais, nonobstant, pour Dieu ! n'entrez jamais chez nous :
On sait ce qu'ont produit vos guerres frénétiques !

XLVII

Se servir dans le monde habilement des autres,
Même contre, par fois, leurs propres intérêts,
    Pour faire triompher les nôtres,
Fut l'objet, en tout temps, de nos calculs secrets.
Dans le monde, souvent, pour les autres l'on sème.
L'homme à river ses fers aide souvent lui-même.

XLVIII

Arrogance, babil et vaine ambition,
Tournèrent bien souvent à la confusion

De ces héros parleurs qu'on ne peut faire taire,
Faisant les importants partout, en toute affaire,
Malgré tout bon avis, tout conseil salutaire.

XLIX.

Pour être sage, pour bien faire,
Il ne faudrait jamais sortir de notre sphère :
Mais quoi ! l'on veut, l'on croit saisir l'occasion.....
Tel brille au premier rang dans sa condition
Qui tomberait souvent au dernier dans une autre.
Jupiter de chacun fit le lot ici-bas :
Quels que soient les lots faits, contentez-vous du vôtre,
Aussi bien d'en changer n'est-il en pouvoir nôtre.
Cela peut s'appliquer à gens de tous états.

L

Bien que d'opposé caractère,

Et de tout point d'humeur contraire,

Il faut savoir se supporter.

Par là bien des ennuis on pourra s'éviter,

Et même sur les uns et les autres compter.

C'est un point essentiel dans la vie ordinaire.

LI

Suivant notre degré de force et de puissance,

Notre orgueil, bien souvent, va jusqu'à la démence,

Jusqu'à concevoir des projets

En tout point fous d'extravagance.

Nos volontés, lors, sont du destin les arrêts,

Et tout doit se courber bientôt sous leurs décrets.

Ni la raison, ni la prudence,

Ne sauraient nos projets tenir même en suspens ;
Même les éléments s'y trouvent impuissants !
Nous gourmandons les flots, les frimats et les vents.

LII

Quelque grande que soit, ici, votre puissance,
Vous, qui pensez sous votre omnipotence
Que tout doit se courber et que tout doit fléchir,
    Daignez néanmoins réfléchir
Avant de vous jeter en telle ou telle affaire :
Ne vous embarquez point, enfin, à la légère
Sur une mer trompeuse, en butte à tous les vents ;
    Et, dans vos transports imprudents
Craignez, vous repaissant de songe, de chimère,
De vouloir prendre, ici, la lune avec les dents.
    N'avons-nous pas vu, dans ces temps,
Celui qui prétendait s'assujettir le monde,
    Dans une misère profonde,

Justes et mérités revers,

Tomber, en un clin d'œil, aux yeux de l'univers.

Jouet de la fortune , en butte à son caprice,

Les vents glacés du nord firent de lui justice.

Et ce pouvoir, et tout ce bruit,

Et cette gloire, enfin, et cette renommée,

N'ont servi qu'à montrer le néant, la fumée

Des vains projets que l'homme en son orgueil poursuit !

LIII

Combien n'a-t-on pas vu de princes,

Qui se partagent des provinces

Sans les suites prévoir d'un semblable larcin.

Le partage est mené par eux à bonne fin :

Mais, au milieu de la conquête,

Chacun étant pourvu de son département,

Vient un survenant trouble-fête,

Qui devant lui, partout, les larrons balayant,

Remet les choses comme avant.

LIV

Ici vous qui voulez les peuples que l'on bride,
Qu'on les lie et garrotte avec force bons nœuds,
     Ministres fous, malencontreux,
     Soutenez votre thèse au mieux!
     Dessus ce point quoiqu'on décide,
Le bonheur des sujets : voilà la sûre égide
Contre ces mouvements illégaux, factieux,
Qui tendent à changer les lois de nos aïeux.

LV

En toute occasion, à la ville, à la cour,
Prendre garde toujours de ne blesser personne,
Crainte d'être blessé, par suite, à notre tour,
Est le conseil partout que le bon sens nous donne.

Les choses ne vont pas toujours à notre gré,
Et le plus petit roule en son cœur sa vengeance.
    D'un cerveau creux, en apparence,
    Peut partir un trait acéré.
De force et de vertu de celui qu'on offense
On ne sait pas, aussi, bien souvent le degré.

LVI

N'allons point révéler les faiblesses des autres,
    N'avons-nous pas chacun les nôtres?
    Ne sont surtout ni sages, ni prudents,
Ceux qui vont révéler les faiblesses des grands :
    Le meilleur, en pareille affaire,
    Est, je crois, toujours de se taire.

LVII

On veut avec les grands fraterniser et vivre ;
De leur faveur, partout, on se targue, on s'enivre ;
On pense s'élever en frayant avec eux ;
  Mais, par un sort malencontreux,
Souvent c'est une chute, hélas ! qu'on se prépare,
En voulant dans les airs s'élever comme Icare.
Laissons donc, laissons donc ce contact dangereux ;
  Au courtisan ne portons pas envie :
La faveur, dans les cours, est trop souvent suivie
De disgrâces, d'ennuis et de cent autres maux.
  Ne frayons qu'avec nos égaux.

LVIII

D'après nos goûts nous jugeons ceux des autres :
Ils sont fort bons se rapportant aux nôtres.
Mais ne marchent-ils pas ensemble, à l'unisson,
Nous voyons ces goûts-là tout d'une autre façon.

LIX

Que d'opposition, de contraste dans l'homme !
Je voudrais qu'on m'explique comme
Des gens qui se ressemblent tous
Se jugent sans façon les uns les autres fous,
Se rendant tous justice en somme.
Sous même forme voir les humains si divers !
Oh ! qui nous donnera la clé de l'univers !
Qui saura lire, enfin, dans le cerveau de l'homme,

Et de ce labyrinthe inextricable, affreux,

Dérouler devant nous les contours sinueux !

　　Les mêmes mœurs, le même caractère

Distinguent chaque espèce ici dessous les cieux :

L'homme seul est à l'homme en tout presque contraire.

Chacun de son voisin voit tout juste à l'envers :

Chez nous tout est raison, chez lui tout est travers,

　　　　Tant chaque homme en son sens abonde !

Enfin, si l'un dit blanc, l'autre aussitôt dit noir.

Plus que les sapajous les humains, dans ce monde,

　　　　Sont, je crois, curieux à voir.

LX.

Il est des vérités qu'on ne peut trop comprendre :

Le simple et l'ignorant ne veulent pas entendre

　　　　Qu'il soit au monde tant de gens,

Avec même figure entre eux si différents.

　　　　Dans leur simplicité profonde

Ils croiraient volontiers qu'ils sont de ce bas monde

　　　　Les seuls et tristes habitants.

LXI.

L'occasion, on dit, fait le larron ;
  Mais quelquefois, malgré la chance,
Le larron se fourvoie en telle occasion,
Et bel et bien se voit, étrillé d'importance,
Éconduit du logis avec maint horion.
  Ceci surtout s'applique aux princes,
Qui, voulant profiter des troubles, des débats
    Qui naissent dans d'autres états,
Pour gripper bel et bien trois ou quatre provinces
Se mettent, quelquefois, dans de grands embarras.
  A leur aspect tous les débats finissent,
  Tous les partis contre eux se réunissent,
  Et l'on ramène, enfin, les conquérants
    Jusque chez eux tambours battants.

LXII.

Les secours demandés aux autres,
Ou qu'ils nous offrent bonnement,
Nous deviennent à charge. Autant
Que possible, en ce monde, il faut aux moyens nôtres
Nous en tenir, pour agir sagement.
Tout compté, calcul fait : après l'intervenant
On se trouve plus mal toujours qu'auparavant.

LXIII

Nous en croyons nos sens plutôt que la sagesse.
Ces conseillers font, tous les jours,
Taire en nous la raison, et nous trompent sans cesse.
C'est là le train, ici, des choses, et leur cours.

LXIV

Humains, réprimez vos désirs ;
Réprimez-les, enfin ; la coupe des plaisirs
    Est trop souvent empoisonnée.
    Mais, quoi ! quand notre heure est sonnée,
    Adieu disant à l'avenir,
Sans plus ample informé, sans tambours, ni trompettes,
    Et sans réclame il faut partir...
Même encore, souvent, c'est au milieu des fêtes
Qu'on voit tomber la faux sur les plus jeunes têtes.

LXV

« C'est dans l'adversité qu'on connaît ses amis. »
    Ce vieux dicton doit être mis
    Et remis sous les yeux sans cesse,
    Tant dans le monde il intéresse.

Avant l'épreuve faite on fera sagement
Aux démonstrations de croire faiblement.

LXVI

Avant que de chercher le bien de ses semblables,
La nature, d'abord, veut qu'on cherche le sien;
Mais en tout et partout ne chercher que son bien,
Savoir, pour le trouver, s'affranchir, se défaire
Des plus doux sentiments, manquer à l'amitié,
Arracher de son cœur jusques à la pitié
Que l'homme doit sentir pour les maux de son frère,
Fut en tout temps, toujours, d'un méchant caractère.
L'égoïste ne vit ici-bas que pour lui.
Chercher son bien partout: voilà sa seule affaire.
Il le cherche, il le fait, même aux dépens d'autrui.

LXVII

La guerre a ses attraits, enivrante est la gloire.

Mais quel cœur généreux peut aimer la victoire

Lorsqu'il faut l'acheter d'un déluge de maux !

Jadis, les chevaliers se battaient en champ clos.

Ne pourrait-on ainsi vider toute querelle,

     Même entre états ? Politique nouvelle,

Qui maintiendrait partout les peuples au repos,

     Les laisserait à leurs travaux,

Et de la guerre affreuse éteindrait les flambeaux.

     La guerre ! entendez-vous, la guerre !

Cette tuerie, enfin, le plus grand des fléaux

     Qui puisse ravager la terre !

     On pourrait encor simplement

     A pile ou croix, facilement,

Entre états décider, résoudre toute affaire.

Ce mode-là serait encor plus salutaire :

     Eh bien ! on le préférerait,

     Et tout, ainsi, s'arrangerait.

LXVIII

Dans les dissensions civiles,
Où l'on est chamarré de rubans différents,
    A la cour, aux champs, dans les villes,
C'est l'écharpe qui fait rendre les jugements.
    De l'autre côté de la Manche,
  La Rose Rouge avec la Rose Blanche
    Le firent assez voir aux gens.
    Temps d'orages de toute espèce,
Où l'on se fait payer tour à tour maints dépens ;
Temps malheureux, hélas ! qui reviennent sans cesse.
Pour consoler, enfin, la terre et les amours,
Quand reviendront les temps heureux des troubadours,
Où chacun ne portait, dans sa joyeuse ivresse,
    Que les couleurs de sa maîtresse !

LXIX

Beaucoup de gens sont dans le monde ,
Qui n'ont d'amour, d'attrait que pour leur sentiment,
Faisant de ceux d'autrui bon marché trop souvent.
Dans leur façon de voir si quelque chose abonde ,
   C'est admirable, c'est parfait ;
Mais rien n'est, au rebours , plus chétif, ni plus laid.

LXX

L'égoïsme, l'orgueil , la sotte vanité
Ont ensemble, dit-on, origine commune.
   Tous trois, enfants de la Fortune ,
S'emparent de nos cœurs dans la prospérité.

4

LXXI

Prêchons partout la charité ,
La charité ! si nécessaire aux hommes ,
Et qu'on connaît bien peu dans le temps où nous sommes.
Les loups , dans les forêts , se secourent entre eux ;
Les hommes sont moins généreux :.
Le riche , fier et dédaigneux ,
Repousse le pauvre, son frère ;
Il le laisse languir, mourir dans sa misère ;
L'aspect de mille maux ne saurait l'émouvoir ;
Et cependant, sur cette terre,
Nous secourir : voilà notre premier devoir.

LXXII

Il est bien différent d'être ici faible ou fort :
Où le fort a raison souvent le faible a tort ;

Ce qu'on permet à l'un on le défend à l'autre.

    Rien n'est plus commun au temps nôtre.

Tous deux à nos crochets n'ont pas le même poids,

Aussi tous deux, chez nous, n'ont pas les mêmes droits.

LXXIII

Combien d'auteurs se trouvent, à leurs yeux,

    De petits astres lumineux.

    Par leurs écrits, dans le siècle où nous sommes,

Combien ne voit-on pas de ces petits grands hommes

Qui pensent éclairer le monde, en bonne foi,

    Tant l'écrivain rapporte tout à soi.

LXXIV

    « Qui trop embrasse mal étreint. »

On le dit et redit; mais, quoi! l'homme est atteint

Là-dessus de folie ; à tout il veut atteindre :
   On ne saurait en lui jamais éteindre
Cette humeur d'entreprendre et de faire partout
Au delà de ce dont il peut venir à bout.
   Petit Titan, qu'on voit, en mainte affaire,
Pour être trop monté, tomber du faîte à terre.

LXXV

Courtiser pour avoir de l'argent et des places,
    Fut chose commune en tout temps.
C'est merveille de voir ici certaines gens
    Se faufiler auprès des grands,
    Devant eux faire maintes passes,
Se confondre en saluts, en courbettes bien basses,
Dans l'espoir, bel et bien, de remplir leurs besaces.

LXXVI

Après les biens que sert de tant courir?
Au bout de quelques jours ne faut-il pas mourir?
Et puis, pour vivre ici que faut-il tant, en somme?
Que faut-il? On est las de le lui répéter,
Mais rien dessus ce point ne peut arrêter l'homme,
Rien ne saurait le contenter.

LXXVII

C'est un plaisir de voir comme l'on se remue,
Comme on travaille, comme on sue
Pour attraper du bien; partout on n'aperçoit,
On n'entrevoit et l'on ne voit
Que gens rôdant partout, ou guettant au passage
Quand de chez tel ou tel on voit qu'il déménage.

Mais après tant de soins que happe-t-on souvent?
Du vent.

LXXVIII

Quand dort votre ennemi, quand sa haine sommeille,
Ne faites rien qui la réveille,
N'agacez jamais les méchants.
Restez petits, restez tranquilles sur vos terres,
N'allez pas narguer les puissants;
Ne vous attirez pas des guerres,
Où vous seriez, ma foi, tondus à belles dents.

LXXIX

A ménager son bien le sage met son soin;
Mais il sait en jouir, s'en défaire, au besoin.

LXXX

Il faut faire la différence
De l'avare et du ménager :
L'un ménage pour entasser,
N'ayant plaisir qu'à voir s'augmenter sa finance ;
L'autre ménage aussi, mais c'est pour dépenser
Quand honorable ou nécessaire
Lui paraît la dépense à faire.
Ressassant son argent et le jour et la nuit,
L'un ne sait ce que c'est que d'aider son semblable ;
L'autre, au rebours, lui tend une main secourable,
A chaque occasion. Par la nature instruit,
Il entend son cœur qui lui dit :
Secours, soulage en sa misère
L'homme, ton semblable et ton frère.

LXXXI

Chacun à son état doit, ici, se tenir.
Par un éclair de biens se laisser éblouir
Est le propre, toujours, d'une tête légère.
      Mais, dis-tu, le sort t'est prospère,
      De ton argent que faut-il faire?
Ta boutique déjà ne peut le contenir.
Cordonnier, mon ami, monte-la des plus belles,
Et, loin de te jeter dans un autre avenir,
Mets, crois-moi, ton argent en formes et semelles.

LXXXII

Il faut faire pont d'or à l'ennemi qui fuit :
      Employer contre lui l'outrance
Pourrait nous amener quelque fâcheuse chance,
      Et nous faire perdre le fruit

Soit d'un petit succès, soit d'un grand succès même.
Il ne faut rien poursuivre ou pousser à l'extrême.
  En fait de guerre et de procès
  Ne faut pas trop s'éblouir d'un succès.
    D'un succès ou d'un avantage,
    A la guerre comme au palais,
Faut savoir profiter pour faire bonne paix.
    Ainsi sait agir l'homme sage.

LXXXIII.

  Il faut que le pauvre travaille,
  Il faut qu'il sue, il faut qu'il aille.
  Trouve-t-il rudes ces travaux?
A force de sueurs, comme les animaux,
L'homme doit, lui dit-on, gagner sa nourriture,
    Suivant les lois de la nature.
    Mais le riche, qui parle ainsi,
Qui savoure à loisir mille plaisirs ici,

Malgré ces lois ne veut partager ses misères ;
Et cependant le pauvre et le riche sont frères.

LXXXIV

Chacun voudrait jouer un rôle en son pays,
          Sans s'embarrasser des soucis
Que va toujours traînant toute place après elle.
Ces soucis ne sont pas si grands, dit-on, et puis
Toute place nous met en quelque chance belle.
          L'homme en place n'est qu'un acteur,
Comme un autre soumis au vent de la faveur
Du public, et jouant tant bien que mal son rôle,
          Méritant ses sifflets, ou bien
Ses applaudissements, sur son jeu mal ou bien.
Cette position paraît étrange et drôle
Pour un homme au pouvoir, comme tous nous disons :
Eh bien ! c'est à cela partout que nous visons.

LXXXV

Loin du vain bruit des cours et des tracas du monde,
Libre du joug doré qui pèse sur les grands,
Heureux qui vit chez soi dans une paix profonde !
    Ce dire n'est nouveau ; mais, quoi ! les gens
      Y prêtent peu l'oreille dans ce temps.
On veut, on veut jouer un rôle dans ce monde,
    Quand le plus sûr et le meilleur emploi
      Est de planter des choux chez soi.

LXXXVI

    Ici-bas c'est un commun dire
« Que : qui cherche le mieux trouve souvent le pire. »

LXXXVII

L'homme, le plus souvent, ne sait ce qu'il désire.
Dans l'espoir d'arriver à quelque mieux, ici,
On s'embarque, on se met des flots à la merci
　　　Pour trouver condition pire,
　　　Ou bien pour revenir souvent
　　　Encor Gros-Jean comme devant.

LXXXVIII.

Il est des cœurs de fer, de bronze, de rocher;
　　　Andromaque, avec tous ses charmes,
Sur la tombe d'Hector versant des flots de larmes,
　　　Ne saurait en rien les toucher;

Hécube, à l'autel expirante,

Et Troie, encor toute fumante,

Ne sauraient de leurs yeux une larme arracher.

Devant leurs intérêts sordides, misérables,

Ces cœurs d'airain toujours restent impitoyables.

LXXXIX

On compare souvent au vautour l'usurier;

Ces gens souffrent peu de remise,

Et jamais ils ne lâchent prise

Qu'à bonne enseigne. Il faut les payer, surpayer;

Il leur faut, à tout prix, leur gage et leur loyer;

Et quel loyer! Dieu sait! avec eux, dans une heure,

On se trouve souvent à pied et sans demeure.

LXXXX

L'homme sur l'homme enfin a perdu son empire.
         La tyrannie, il faut le dire,
Ne s'appesantit plus dessus le genre humain ;
         Les peuples se donnent la main ,
         Pour eux plus de fers , plus d'entraves.
Les temps sont accomplis : plus de serfs, plus d'esclaves.
         L'histoire a parlé , la raison
         Partout s'est aussi fait entendre ;
De paix et de bonheur une heureuse saison
         Sur les peuples tend à s'étendre.
Que dis-je ? ils sont dedans, ils n'en sortiront plus.
Adieu donc pour toujours aux pouvoirs absolus..

LXXXXI

Vouloir diguer les passions
De l'homme, en certains temps, l'arrêter sur leur pente,
Alors qu'il est lancé, serait chose imprudente ;
Il faut savoir céder parfois aux factions :
      Pour l'avoir vu nous le savons.
Dans ces jours malheureux de crise, de tourmente,
      Où dans chaque tête fermente
L'ardeur des changements, des révolutions,
      Dans les cours quelle fut l'entente?
On vit surgir partout des constitutions,
Et partout de cela bien elles se trouvèrent.
Mais aussi quelques chefs, dans le nombre, abdiquèrent;
Ils furent remplacés, comme on le pense bien ;
Et, cela fait, enfin, tout chemina très-bien.

LXXXXII

O princes de nos jours ! gardez tous vos emplois ;
A vos peuples dictez vos bienfaisantes lois.

    Régnez, ô princes équitables !
Régnez dans l'intérêt des hommes, vos semblables ;
Usez, comme Trajan, du pouvoir souverain ;
Élevez vos enfants, sur la terre où nous sommes,
Dans le respect des lois et dans l'amour des hommes ;

    Autres Titus, soyez, enfin,
    Les délices du genre humain.

LXXXXIII

Peu de réformateurs se voient parmi les princes ;
L'histoire peut à peine en citer quelques-uns ;
    Mais les ravageurs de provinces
    Dans tous les temps furent communs.

Que de César et d'Alexandre,
Que de ces gens ici qui mettent tout en cendre,
D'Attila, de Néron et de Domitien,
Pour un Trajan, un Dioclétien.

LXXXXIV

Pour peu qu'un incident paraisse merveilleux,
Il fait ouvrir partout au peuple de grands yeux ;
Il croit à la sorcellerie,
Aux miracles, à la magie ;
Enfin, et superstitieux
Au dernier point, pour lui tout est miraculeux.

LXXXXV

L'homme est facile en fait de dieux,
Plus facile qu'en fait de femme ou d'autre affaire.
C'est merveilleux de voir comme, en tête légère,
Il gobe là-dessus ce qu'on lui dit, au mieux.

5

Il est, dessus ce point, d'une aisance admirable.

       Il n'est si ridicule fable

Qui ne soit là l'objet de ses respects pieux.

Enfin dessus ce point si fort on l'embâtonne,

Que pour comptant il prend tout ce que l'on lui donne.

LXXXXVI

Mille dégoûts sans cesse assiégent notre vie.

Vivez au fond d'un bois, vivez dans un désert,

Et de la calomnie et de la sotte envie

Vous ne serez, hélas! pas encore à couvert.

LXXXXVII

Rois, chassez de vos cours ces vipères humaines,

Qui troublent vos esprits de tant de craintes vaines,

Méfiez-vous de ces amis

Qui feignent de vous voir entourés d'ennemis

En leurs mains de l'État pour mieux saisir les rênes,

De trames, de complots fatiguant vos esprits

De leur fidélité pour mieux hausser le prix.

Mais tous ces artisans de trouble, de machine,

Travaillent bien souvent à leur propre ruine.

LXXXXVIII

Sur l'avare et sur l'avarice

On crie haro ! partout ; mais, en bonne justice,

Est-ce donc un si grand tort, même un si grand vice,

De ménager son bien, même jusqu'à l'excès ?

Contre l'avare est-il là matière à procès ?

S'il contente ses goûts en serrant sa finance,

En modérant, mettant même à rien sa dépense,

Enfin si là-dessus il fait gloser les gens

    Et perdre ici quelques marchands,

Un jour y trouveront leur compte ses enfants.

Contre l'avare, donc, injuste est cette ligue ;

Vous qui criez bien fort, laissez venir le temps :

    « A père avare, enfant prodigue, »

Dit on. Dessus les fils vous vous rattraperez,

Et votre main, sur eux, à l'aise vous ferez ;

Messieurs, il ne s'agit, là-dessus, que d'attendre.

Laissez donc le bon homme en sa tombe descendre

En paix : lors sur ses fils aisément vous prendrez

Ce que, je crois, plus tôt vous auriez voulu prendre.

LXXXXIX

Aux yeux des immortels pour être légitime,

Toute puissance doit rendre heureux ses sujets :

Maxime de bonheur, de justice, de paix !

    Bonne, heureuse et juste maxime !

Oui, rendre les peuples heureux,
C'est la condition première
Qu'aux maîtres de la terre imposèrent les dieux.
Les princes assez malheureux
Pour ne pas la remplir, en butte à leur colère,
Sont bientôt rejetés par eux.

C

Princes, de consacrer vos droits à la puissance
Il est pour vous un sûr moyen :
Faites dessous vos lois que l'on se trouve bien.
Le lien de la force est de peu d'assurance ;
Liez-nous, liez-nous par la reconnaissance ;
L'amour, l'amour du peuple est le plus fort lien.

CI

« On ne court pas deux lièvres à la fois. »
C'est pain bénit de faire lâcher prises
Aux accapareurs d'entreprises,
Comme aux accapareurs, ici, de marchandises,
Et de voir à ces gens un pied de nez parfois.

CII

En toute chose, en toute affaire,
Ici, tout ce que l'homme fait,
Il le fait par calcul et dans son intérêt,
Même le bien qu'on lui voit faire.

CIII

Esprits intolérants, laissez en paix vos frères
Élever vers le ciel leurs vœux et leurs prières ;
   N'allez pas vous mettre en travers ;
Le Tout-Puissant n'est sourd qu'à celles du pervers.
Aux lois de la raison l'homme peu se conforme ;
En calcul d'intérêt, ici, tout il transforme ;
   Enfin, jusque dans le sacré
   Par lui ce calcul est fourré.

CIV

Tant de religions, tant de cultes divers,
Pour glorifier Dieu, le servir dans ce monde,
Se narguant, s'attaquant, se voyant de travers,
Se mesurant des yeux dans leur haine profonde !

Que dis-je! entr'eux se déchirant!
Chaque culte voulant, en régnant sur les autres,
Sa foi leur imposer avec ses patenôtres:
C'est le spectacle à Dieu que nous donnons pourtant!
A son sujet, eh quoi! pareil débordement!
Quand finiront, enfin; tant de querelles folles?
Quand obéirons-nous aux divines paroles
De l'Homme-Dieu qui vint ici mourir pour nous:
    « Hommes! la paix soit avec vous! »

CV

L'homme partout est ainsi fait:
Il consulte son intérêt,
Il consulte son bénéfice
Toujours plutôt que la justice.
Par ce qui s'est passé quelquefois on peut voir
Qu'il n'est pas toujours bon de montrer son savoir.

On sait ce qu'il advint au pauvre Galilée,

Et ce qui se disait en certaine assemblée,

La honte du pays dans nos temps de malheurs:

« La France n'a besoin de ta science : meurs ! »

CVI

Aux gens d'église, ici, laissons le célibat.

La nature faisant naître garçons et filles,

C'est pour entr'eux, un jour, qu'ils forment des familles.

D'un mari quelquefois, bien que lourd soit le bât,

L'état d'époux encore est le premier état.

Bien triste il est surtout de vivre sur la terre

      Seul, sans famille, sans soutiens;

      Malheureux son cœur qui fait taire

Aux vœux de la nature, heureux est, au contraire,

      Qui peut se dire : je suis père,

      Et je vis au milieu des miens.

Prendre femme de l'homme est la première affaire.

N'attendons pas l'hiver et les glaces des ans.

Ainsi marions-nous pour avoir des enfans,

Et, par suite, éviter, de notre luminaire

Les soins, les frais à nos parents.

CVII

Il faut savoir garder pour la soif une poire,

Il faut ménager son avoir,

Garder, le matin, pour le soir.

D'une bonne réserve on sait que la victoire

Presque toujours, dans les camps, dépendit.

Elle sauve de la déroute,

Et dans l'État, souvent, pare à la banqueroute.

Sans réserve, en ménage, un homme est bientôt frit.

CVIII.

Chacun tourne sa voile au vent de la fortune.
  Les rois vivants sont encensés,
  Les rois mourants sont délaissés,
Et les morts oubliés : chose n'est plus commune.
  L'on vit le courtisan, toujours,
Vers le soleil levant se tourner dans les cours.

CIX

On ne songe ici-bas qu'à vivre et qu'à jouir,
Comme si de cent ans l'on ne devait mourir
  Et passer au sombre rivage ;
Quand, d'un moment à l'autre, il faut plier bagage,
  Faire nos adieux et partir.

CX

Chacun compte, recompte, et calcule, et projette ;
Mais, hélas ! de projets quand pleine est notre tête,
La mort, autour de nous qui toujours rôde et guette,
Maligne au dernier point, pour nous prendre, souvent
    Choisit tout juste ce moment.

CXI

Bien hébêter les gens, ou bien les enchaîner
    Pour, à l'aise, les gouverner,
Fut de gouvernement toujours un méchant mode :
    On les gouvernera bien mieux
Et bien plus aisément en les rendant heureux ;
Et plus juste et plus sûre est cette autre méthode.

CXII

Princes, voulez-vous être aimés de vos sujets ?
Consultez la justice avant vos intérêts :
    Que le signe de la balance
    Chez vous préside à tout traité,
    Et qu'entre vous toute alliance
Ait pour but le bonheur et la félicité
    Des peuples que la Providence
Plaça, pour être heureux, sous votre autorité !

CXIII

    En procès, en chamaillerie,
L'homme passe, en vrai sot, la moitié de sa vie.
La sagesse nous dit : Il faut s'accommoder
    Toujours plutôt que de plaider ;

Il faut s'accommoder d'une ou d'autre manière;
Si la Justice y perd, l'on y gagne d'autant.
C'est tout gain. A ce compte on gagne cent pour cent.
La justice se rend, mais elle est lente et chère.

CXIV

De quoi ne vient à bout une langue traîtresse
Par ses mensonges pleins d'adresse?
Quoique fasse votre ennemi,
Quoiqu'il dise, toujours méfiez-vous de lui.
A son accent mielleux, à sa voix douce et tendre,
Gardez-vous de vous laisser prendre;
Vous vous repentiriez, et non pas à demi.

CXV

Le monde, n'est-ce point, à le voir, un chemin
    Où l'on est accroché sans fin.
    Il y faut payer maint péage
A gens de toute sorte, à maint et maint agent;
    Si bien qu'on est à bout d'argent
    Avant d'être à bout de voyage.
Sans cesse dans le sac il faut avoir la main.
Les gens, en tout commerce, ainsi qu'en toute affaire,
Vous tendent de dix pas la main pour leur salaire;
De mangeurs affamés c'est partout un essaim.
Mais ce sont les impôts, surtout, qui font la guerre;
Car tout s'impose ici: l'air, l'eau, le feu, la terrre.
L'impôt s'asseoit sur tout, même dessus le vin,
    Disait l'autre jour Jean Robin ;
Cela se conçoit-il? pourra-t-on bien le croire?
    Veut-on nous empêcher de boire?

Où l'on aille, en un mot, l'impôt sent à plein nez :
Nous avons le direct, l'indirect, la gabelle.
Cette fureur d'impôts ne s'arrêtera-t-elle ?
Eh quoi ! payer toujours, toujours, et de plus belle !
De tant d'impôts, enfin, l'esprit est étonné.
       Mon Dieu, faut-il donc tant de sommes
Pour gouverner les gens au pays où nous sommes !

CXVI

Le jour a dissipé les profondes ténèbres
      Dont nous étions enveloppés ;
      Mais de mille voiles funèbres
Hélas ! nos yeux longtemps seront encor frappés.
Enfin le soleil luit, les vents sont dissipés,
L'air ne retentit plus des éclats du tonnerre,
Et l'hymne de la paix succède aux chants de guerre.
Les autans déchaînés, ce sont les factions
      Et les noires dissensions

Qui désolèrent cet empire.

Dans ce temps malheureux d'orage et de délire,

Dans ces moments de trouble et de confusion,

Du *soleil bienfaisant,* qui tout à coup vint luire

Sur la France, chacun connaît l'auguste nom.

CXVII

Le faux brave et le fanfaron

Sont deux sortes de gens fort en possession

A leurs dépens de faire rire.

Autre chose, chez eux, est de faire et de dire.

Ils comptent s'élever, parlant de leurs exploits,

Mais toujours, en quelques endroits,

Montrant le bout d'oreille, avec force incartades,

Malgré leur faire et leurs bravades,

Ils se voient éconduire. Ils rengainent alors

Sans bruit, et gagnent au dehors,

Accoutumés qu'ils sont à semblables parades.

Sans doute corrigés dès lors

Après telle leçon, telle déconfiture!

Le lendemain les voit courir autre aventure.

CXVIII

Connaît-on bien le cœur des femmes?

Héroïnes d'amour et même d'amitié!

Comme aisément s'attendrissent leurs âmes!

Comme aisément leurs cœurs s'ouvrent à la pitié!

Dans nos douleurs toujours ce sexe est de moitié.

CXIX

A voir partout ce qui se passe,

Nous courons tous après quelque gibier.

Chasser, de l'homme est le métier.

Mais il est, ici, chasse et chasse.

Jeunes et vieux, petits et grands,

A maintes chasses emploient leur temps.

Mais nous chassons chacun à notre guise :

L'un veut du vent et l'autre de la bise.

De gibier différent nous faisons notre part,

Et si l'un chasse en loup, l'autre chasse en renard.

Enfin, s'il faut que je le dise :

Chacun, le plus souvent, cherche à faire sa main

Dessus les terres du voisin.

CXX

De se croire au-dessus des autres

En esprit, en bon sens, est le propre à chacun.

Nous prisons fort les œuvres nôtres,

Mais celles d'autrui sont toujours dans le commun,

Selon nous. Pleins de leur science,

Combien ne voit-on pas de gens

Qui disputent de leurs talents

Comme de choses d'importance?

CXXI

Il ne faut pas pousser à bout les misérables,
Car le malheur souvent mène à des faits coupables.
    Les secourir sera toujours bien mieux,
        En tout temps, pour vous et pour eux.
Ceci s'adresse à vous, hommes impitoyables,
Cœurs de rocher, plus durs encore et plus affreux,
Qui traitez sans pitié les hommes, vos semblables,
Et n'êtes point touchés des crix des malheureux!

CXXII

Il faut obéir à son sort :
On a beau contre lui regimber et beau faire,
Le destin, qui nous pousse, est toujours le plus fort.
A son destin, ici, nul ne peut se soustraire.
Traçons, sans murmurer, traçons notre sillon :
C'est le conseil du sage, et le sage a raison.
Obéissons à l'aiguillon
Qui nous excite, qui nous presse,
Jusqu'à ce que pour nous la terre enfin s'affaisse,
Et nous ouvre en son sein le refuge éternel
Contre ses maux, promis par les dieux au mortel.

CXXIII.

Misérables humains ! faut-il que l'or altère
Jusques aux sentiments chez vous les plus sacrés !
Le riche, plein d'orgueil sous ses lambris dorés,
Rougit de ses parents restés dans la misère.
Il les renie, hélas ! il renierait son père
S'il ne craignait enfin, par ce trait d'impudeur,
De dévoiler aux yeux les vices de son cœur.
Quand quelqu'accès d'humeur avantageuse et fière
— Et l'on vous voit souvent cette irritation —
Fera chez vous invasion,
Petits seigneurs, bouffis d'orgueil et de colère,
Souffrez que l'on vous rappelle, aussitôt, sans façon,
Votre condition première.

CXXIV

Si, dans cette onde favorable,
Dont Bacchus remplit nos tonneaux,
Vous trouvez, un moment, un remède à vos maux,
Un adoucissement au sort qui vous accable,
Que ces flots écumeux, pour vous eau du Léthé,
Emplissant vos cerveaux de leur suavité,
Et vous étourdissant, humains, au choc du verre,
Vous donnent un instant de bonheur sur la terre.
Ils sont pour vous, hélas! si rares ces moments!
Buvez, mais, toutefois, sans altérer vos sens.

CXXV

Des suppôts de Bacchus qu'on élève la gloire
Aussi haut qu'on voudra, de bon cœur j'y consens ;
Cependant qu'on nous dise à quoi sont bons ces gens
    Qui perdent chaque jour à boire
Leur raison, leur santé, leur argent et leur temps ?

CXXVI

Pour les faire goûter à tous, bien que la fable,
Sachant modifier et son ton et sa voix,
Présente ses leçons sous un jour agréable,
C'est dans l'histoire encor qu'on peut puiser, je crois,

Les leçons les plus profitables.
Près l'homme la réalité
A toujours plus d'autorité.
En vain de couleurs véritables
Vous habillez le conte avec fidélité,
Vous êtes toujours, là, dans le pays des fables.

CXXVII.

On l'a vu de tout temps : il est dessous les yeux
    Une providence admirable,
Qui sait, quand il lui plaît, aux peuples malheureux
    Tendre une main propice et secourable.

CXXVIII

Si vous voulez ici qu'on respecte vos droits,
  Sachez respecter ceux des autres.
A vos droits vous tenez ; nous, nous tenons aux notres.
L'histoire est la leçon des peuples et des rois.
  Mais les flatteurs, troupe ardente à vous nuire,
   Vous assaillent à chaque pas,
O princes ! les flatteurs ! ennemis pour vous pire
Que cent mille soldats menaçant vos états.
« Détestables flatteurs, présent le plus funeste
« Que puisse faire aux rois la colère céleste. »
Au lieu de leurs discours intéressés et plats,
Retenez, retenez ces beaux mots que l'histoire
Devrait en traits de feu graver dans la mémoire
Des peuples et des rois, mots vraiment grands et beaux,
Dignes d'être entendus des princes d'Ibérie,
Mots un peu différents de cette flatterie

Qui vous chatouille tous par ses fades propos :

« Nous tous ici présents, qui sommes tes égaux,

« Et qui valons autant et mieux que toi, peut-être,

    « Nous, hommes libres et sans maître,

    « Nous te nommons et faisons roi,

    « Sous l'obligation, pour toi,

    « De régner toujours en roi sage,

    « De respecter nos saintes lois,

    « Et de maintenir tous nos droits.

« Sinon, non. » Tel était, autrefois, le langage

Des peuples d'Aragon, lorsque sur le pavois

Ils élevaient leurs chefs et les élisaient rois.

    Heureux les rois dont les oreilles

Peuvent s'accoutumer à des phrases pareilles,

Et qui, pères du peuple, en gouvernant l'État.

Mettent toute leur gloire à remplir leur mandat !

CXXIX

Imprudence, babil, sotte présomption,
  Sont de méchants auxiliaires.
Les plus forts ennemis, avec eux, ce dit-on,
Firent dans tous les temps de mauvaises affaires.
Miltiade, taillant au grand Roi des croupières,
Fort bien le lui fit voir jadis à Marathon.

CXXX

  La chasse est l'image du monde.
  Ici chacun est aux aguets,
Chacun autour de soi, chacun tend ses filets :
Ce ne sont que réseaux, et piéges, et lacets.
Gardez-vous bien, sinon gare qu'on ne vous tonde.

CXXXI

Si Jupiter à tous ces gens
Qui vivent dans les bois et les déserts brûlants
    Eût donné même esprit qu'aux hommes,
    Nous tous, ici, tant que nous sommes,
    Nous passerions mal notre temps.
Heureusement ce peuple, et cruel et sauvage,
    Armé de griffes et de dents,
    Ne reçut des dieux en partage
Qu'un simple instinct grossier, que gouvernent ses sens;
Si bien que, nonobstant sa force et sa puissance,
    Dompté par notre intelligence,
Il se laisse mener par nous facilement.
    Tel apparaît un bâtiment,
    Qui, sans voiles et sans pilote,
    De çà, de là, sur les eaux flotte,

Battu de la mer et du vent.
Mais qu'il soit remuni d'un pilote et de voiles,
Bientôt, guidé sur les étoiles,
Majestueusement élevé sur les mers,
On le verra voler au bout de l'univers.

CXXXII.

C'est pour les dieux qu'est faite la louange;
Mais tout le monde l'aime et mord à cet appas.
Soldats et financiers, princes et magistrats,
Hommes grands et petits, hommes de tous états,
Encor que son parfum soit souvent bien étrange,
Avec empressement la gobent de dix pas.
On en rougit parfois, mais chacun la supporte.
Jeunes ou vieux, sages ou fous,
Bien que l'encens nous plaise à tous,
Que nous en savourions la vapeur faible ou forte,

Il est certains flatteurs pourtant qu'on ne peut voir :
Ceux qui cassent les nez avec leur encensoir.
Semblable au doux parfum qui chatouille et qui flatte,
La louange doit être et fine et délicate.

CXXXIII

Vous, qui faites souvent respirer à plein nez
    L'encens grossier que vous donnez,
    Vous tous, faiseurs de dédicaces,
    Et de discours, et de préfaces,
C'est à vous, s'il vous plaît, que s'adresse ceci :
Avec vos livres faits, écrits de telle sorte,
    Au lieu de vous dire merci,
    On vous met souvent à la porte.

CXXXIV

Pour vivre avec le monde en bonne intelligence,
    Il faut beaucoup d'attention,
    Et puis encor force prudence,
    Et force circonspection.

CXXXV

Nous avons beau prêcher et dire, en toute affaire :
Les exemples, voilà les meilleures leçons !
Je donne à méditer ici cette matière
    A tous les faiseurs de sermons.
Médite-la surtout, ô père de famille !
Si tu veux que ton fils, si tu veux que ta fille

Se forment aux vertus, si rares dans ce temps,
Prêche, prêche surtout d'exemple à tes enfants.

CXXXVI

Voulez-vous profiter des conseils dans les cours?
            Toujours suivez-les à rebours.

CXXXVII

Le monde se partage en serviteurs et maîtres,
            En princes et sujets. Les êtres
Qui se nomment humains sont ici condamnés
            A vivre entr'eux subordonnés.
La brute, en ses forêts, vit dans l'indépendance,
Aux lois de son instinct soumise seulement.
            L'homme de l'homme est dépendant :
            C'est le sort de l'humaine engeance.
De là naissent pour nous des devoirs différents;

De là ae nos vertus provient la différence.

Les maîtres ici-bas doivent être indulgents,

Et les serviteurs patients.

CXXXVIII

Les passions en nous changent facilement

L'humeur, le caractère et le tempérament.

Mais, nous demanderont quelques sages cervelles,

Comment les passions aux hommes viennent-elles?

Leur germe, ou bien encor leur disposition,

D'abord, sont dans nos cœurs; mais, là, qui les fait naître

Et qui les fait éclore? Il n'est pas besoin d'être

Maître passé pour voir que c'est l'occasion.

Un homme boit un jour, et trouve le vin bon,

Très-bon; cet homme aura la passion de boire.

Tout-à-coup, en buveur, il se trouve changé :

Le vin, dit-il, le vin dissipe l'humeur noire.

Avant, cet homme était économe, rangé,

Faisait chaque jour mainte affaire,

Avait de l'or, était bon époux et bon père.

Eh bien ! depuis ce jour cet homme est ruiné;

L'odeur seule du vin peut réjouir son nez ;

Il en boit, il en boit une journée entière !

Pour boire il a vendu sa maison et sa terre;

Pour boire de nouveau, cet ivrogne damné

Vendrait, s'il le pouvait, ses enfants et leur mère !

Le hasard de ce vin fit tout le mal chez lui.

Fuyez l'occasion de mal dire et mal faire,

Vous fuirez les soucis, les remords et l'ennui,

Et souvent encor la misère.

CXXXIX

Ici-bas, soyez homme ou soyez animal,

On ne peut s'attacher à qui nous fait du mal.

A qui nous fait du bien on s'attache, au contraire.

En toute chose, en toute affaire,

Faisons donc le bien pour bien faire.

CXL

Monarques japonais, monarques ottomans!

　　　Pourquoi faut-il que tant de gens

Soient obligés, pour vous, de se vider la poche?

Vous devez soutenir l'éclat de votre rang,

Et de l'or il vous faut; vous le dites tout franc.

Le mal, pour en avoir c'est qu'à nous l'on s'accroche.

Pour soutenir ce rang il vous faut des palais,

　　　Des diamants, des équipages,

　　　Avec des gardes et des pages,

　　　Des tables couvertes de mets,

Dont le moindre pourrait ranimer le palais

　　　Le plus usé, le moins sensible;

Il vous faut, en un mot, quelquefois l'impossible.

A vos subdélégués il en faut presque autant :

　　　Ils sont gras de notre substance.

Plutôt par vos vertus que par tant de dépense

Soutenez votre rang. Plus de simplicité

Conviendrait mieux, peut-être, à votre dignité.

Saint Louis, autrefois, assis dessous un chêne,

      Dictait ses arrêts à Vincenne.

Sous ce feuillage, eh quoi! gardait-il mal son rang?

Était-il plus petit, le trouvait-on moins grand?

Le seul roi dont le pauvre ait gardé la mémoire,

Le Béarnais, couvert de lauriers et de gloire,

      Le Béarnais, prince adoré,

Marchait vêtu souvent d'un pourpoint déchiré.

Voulez-vous acquérir une gloire immortelle?

      Prenez notre Henri pour modèle,

      Et surtout ayez, comme lui,

      Pour vos ministres des Sully.

CXLI

A la ville, à la cour, voire au théâtre encore,

Le sort de maint auteur tous les jours l'on déplore,

Et l'on pourrait citer entre autres tel et tel

      Pour qui le grand jour fut mortel.

CXLII

Le peuple dit : Les grands affament les petits ;
     Ils dévorent notre substance ;
De chacun d'eux le bien qu'il faut pour la dépense
     Pourrait fournir aux simples appétits
De deux hameaux entiers. En fruits la terre abonde
     Lorsqu'elle est divisée au mieux ;
Elle fournit alors à dix fois plus de monde.
La voix du peuple est-elle ici la voix des dieux?
Je ne sais, mais, pour sûr, lorsque l'orage gronde,
Il est d'être trop grand bien souvent dangereux ;
La foudre avec fracas frappe les tours altières,
     Elle respecte les chaumières.

CXLIII

Force gens sont ici, qui, prenant de grands airs,
Vrais sots, parlent de tout à tort et à travers.

Bernés, moqués, sifflés, en mainte et mainte affaire,
On ne saurait jamais leur apprendre à se taire.

CXLIV

Qui va tortu, pour l'ordinaire,
N'est jamais censé marcher droit.
Malgré son dire, en toute affaire,
L'intention du fourbe est suspecte à bon droit.

CXLV

Toujours à mal on interprète
Les actions du fourbe et du pervers ;
Les torts vont pleuvant sur leur tête ;
On leur en donne, on leur en prête,
On les juge et condamne à tort et à travers.
Fait-on mal? On fait bien. Que leur faut-il donc faire?
Changer, enfin, de caractère.

CXLVI

On a vu partout, en tout temps,
Que si c'est un grand point d'être agréable au maître,
Un autre point, non moins nécessaire peut-être,
Est d'être bien avec ses gens.
Monsieur, à son lever, Madame, à sa toilette,
Écoutent Champagne et Lisette,
Et Lisette et Champagne ont fait pencher souvent
La balance en faveur du dernier poursuivant.
— Le Roi, nous dit quelqu'un, m'a promis cette affaire ;
C'est de l'or en barres pour moi.
— Tu pourrais bien compter, dans peu, d'autre manière.
Le ministre, réponds, est-il ici pour toi ?
— J'ignore, je ne sais ; mais qu'importe !... le Roi...
— Il importe si bien, que de ton or en barres
Je ne donnerais pas deux gros sols, par ma foi,
Eusses-tu même encor au Roi livré des arrhes.
— Mais le Roi, cependant, le Roi m'a promis fort...

—Dans ta manche, crois-moi, mets le ministre encor;
  Mets ses commis, mets tout le monde;
On ne saurait avoir trop d'amis en ce monde.

CXLVII

  Le monde est plein de petits demi-dieux,
   Qui font sentir leur influence;
Gens décorés de noms, de titres fastueux;
   Gens en crédit, gens d'importance,
Qui veulent dessus tout qu'on les encense au mieux.

CXLVIII

L'ânon le plus ânon, en fait de prévoyance,
Quand il faut de sa peau veiller aux intérêts,
  En sait autant qu'homme de France.
 De maints états pour servir les projets,
  Il faut que les pauvres sujets,

Jour et nuit se mettent en quatre.

Qu'il faille aller, payer, combattre ;

Même le plus petit doit payer son écot.

Que dis-je? c'est sur lui, le plus souvent, que tombe

Le plus gros de la charge ; heureux s'il ne succombe,

Accablé sous le faix, ou malheureux, plutôt,

Puisqu'il n'est de repos pour lui que dans la tombe.

Qui se tire de là, ma foi, n'est donc pas sot.

CXLIX

N'être point, ici-bas, content de son destin,

Fut le propre toujours du pauvre genre humain.

Les trois quarts et demi, s'il faut que je le dise,

D'être peu satisfaits n'ont pas, je crois, grand tort.

Le malheur, c'est que l'homme empire encor son sort,

Souvent, pour l'adoucir, formant mainte entreprise,

Au bout du compte il est plus mal, loin d'être mieux.

A ce sujet, hélas ! que d'essais malheureux !

CL

Pensez bien avant d'entreprendre :
Le succès du hasard ne doit jamais dépendre.
Maints peuples voudraient fort se décharger le dos
Des lourdes chaînes du servage.
Il est juste, il est beau de sortir d'esclavage ;
Mais, pour cela, le point est d'agir à propos.
Faute d'avoir agi dans un temps favorable,
Combien, las ! ont rendu leur sort plus misérable.

CLI

Il faut, autant qu'on peut, ménager tout le monde,
Les plus petits pouvant souvent
(sur maints exemples je me fonde)
Nous causer du désagrément.

Faute de ne savoir souffrir une misère
On s'attire parfois quelque mauvaise affaire.
    Le sage dit, avec raison, aux gens:
Souffrez les petits maux pour éviter les grands.

CLII

Celui d'un rien qui s'effarouche,
En mauvais pas se met souvent.
Au moindre propos qui nous touche,
Sottise de prendre la mouche :
L'homme d'esprit sait, en riant,
Rembarrer le mauvais plaisant,
Et de sa sotte flatterie,
Ou mauvaise plaisanterie,
Lui rétorquer le compliment.

CLIII

Sur nos lèvres sans cesse est le saint nom de Dieu;
On nous voit l'invoquer, le prier en tout lieu,
  Et recourir à lui sans cesse
Dans les moindres périls, comme dans la détresse;
  Enfin, on nous voit tous les jours
A sa protection partout avoir recours.
Bien plus, nous l'invoquons même en nos entreprises,
Que nos combinaisons soient là bien ou mal prises.
Contre nos ennemis nous l'invoquons surtout.
  Mon Dieu, donnez-nous la victoire,
Et nous élèverons un temple à votre gloire!
Ainsi l'on dit, qu'on soit chrétien ou marabout.
Enfin, certainement, Dieu nous mettons à bout
Par tant de vœux si sots, si pleins d'extravagance,
  Comme si Dieu, dans sa puissance,
  N'avait qu'à s'occuper de nous,
Qu'à nous suivre des yeux, qu'à nous contenter tous,

Qu'à se mêler de nos affaires,

Qu'à nous guérir dans nos misères,

Et qu'à juger nos différends ;

Enfin, qu'à nous donner la pluie ou le beau temps,

En dérangeant pour nous l'ordre de la nature !

Mais, quoi ! pour nous guider d'une manière sûre,

N'avons-nous pas ici des moyens sans mesure ?

N'avons-nous pas en nous cette émanation

De Dieu, qu'on nomme la raison ?

La raison ! notre providence !

La raison ! la raison ! cette claire science

Et du bien et du mal. Avec un pareil don,

De Dieu bienfait suprême, l'homme, en toute occasion,

L'homme doit savoir se conduire,

En tout et partout se produire,

Se défendre, se retourner,

Et lui-même se gouverner.

Agir est son plus court, car Dieu n'écoute guères,

A le voir, tant de vœux, comme tant de prières.

Le proverbe dit sur cela :

Aide-toi, Dieu t'aidera.

CLIV

LES ADIEUX DE MON PETIT-FILS HENRI

A SES PARENTS.

Enfant toujours chéri, bien que tu ne sois plus,
    Descends du ciel, viens consoler ta mère !
Dis-lui : Mère, fais trève à tes pleurs superflus ;
Je suis ange du ciel, près Dieu ; vis pour mon père !
      Ange du ciel, du haut des cieux,
      Je vous vois, je vous suis tous deux.
O mon père, ô ma mère, adieu ! soyez heureux
    Dans votre monde de misère !
    Au séjour de lumière, un jour,
    Vous monterez à votre tour.
Là nous nous reverrons, ô mon père, ô ma mère !
    Là vous reverrez votre enfant,
    Qui vous ira vite au devant !

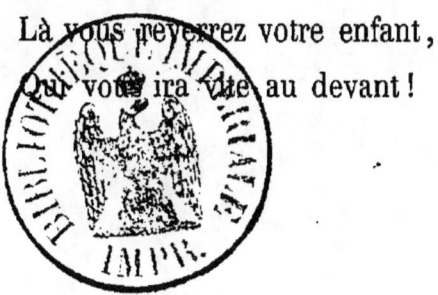

Vienne, Impr. de TIMON frères.

www.ingramcontent.com/pod-product-compliance
Lightning Source LLC
Chambersburg PA
CBHW060842250626
47162CB00005B/2146